SE NOS ENFRIÓ EL CAFÉ

PEDRO VÁSQUEZ

snow
fountain
press

SE NOS ENFRIÓ EL CAFÉ

Pedro Vásquez
Primera edición, 2020
© Pedro Vázquez

ISBN: 978-1-951484-20-0

Snow Fountain Press
25 SE 2nd. Avenue, Suite 316
Miami, FL 33131
www.snowfountainpress.com

Dirección editorial: Pilar Vélez
Diseño y diagramación: Alynor Díaz
Edición de textos: Marina Araujo

Impreso en los Estados Unidos de América.

DEDICATORIA

A Dios, primeramente, por permitirme escribir una nueva historia en poesía, por darme la oportunidad de conocer a gente inspiradora, y por consentirme servir a otros de inspiración para mostrarles que todo en la vida es posible si vivimos bajo metas y objetivos.

A todos mis amigos y excompañeros de la escuela que siempre han estado ahí con su apoyo incondicional, haciéndome sentir especial entre ellos. Amigos, este libro también está dedicado a ustedes, gracias por su amistad.

A mis profesores que inculcaron valores extraordinarios, y me formaron con dedicación durante mis años de estudio; en especial al profesor José Rubén Cerna García, a la poetisa Julie Pujol, directora de nuestro grupo poético «Conversando a través de la poesía» y a cada uno de sus miembros, de los cuales he aprendido mucho.

A la editorial Snow Fountain Press, y a sus colaboradores, por darme la oportunidad de dar a conocer mi trabajo al público de una manera más profesional, por lo que me siento muy agradecido de que me hayan permitido ser parte de su familia de escritores.

Por último, y no por ello menos importante, a mis progenitores, quienes decidieron que yo conociera la luz de este mundo hace varios años. A ellos dedico el fruto de mis triunfos y les reservo un lugar en el corazón. Ellos son la clave del porqué de mi esfuerzo diario por ser mejor, por hacerlos sentir orgullosos, como me siento orgulloso de tenerlos. ¡Gracias papá y mamá por darme la vida!

Pedro Vásquez

TIEMPO DE VERSO Y SOL

Mientras haya unos ojos que reflejen
los ojos que los miran,
mientras responda el labio suspirando
al labio que suspira,
mientras sentirse puedan en un beso
dos almas confundidas,
mientras exista una mujer hermosa,
¡habrá poesía!

Gustavo Adolfo Bécquer

TIENES

Tienes...
      café en tu mirada,
      hechizo en tu sonrisa.
Eso explica por qué me haces adicto.
Por qué este embrujo me llegó tan de prisa.

Tienes...
      armonía en tu corazón,
y cuando te acercas
el mío entona una canción.

Tienes...
      cabello de gitana
      cuerpo de diosa
      nariz de actriz
       voz melodiosa.
Eres un lucero de abril
      me enamoras
desde que te conocí
pensando en ti
      gasto mis horas.

Tienes...

      mi pensamiento

      mi ilusión y mi tiempo

eres el amanecer que trajo la aurora

para ser, yo tu señor y tú mi señora.

BÉSAME 1

Bésame

> despacio
>
> sin cerrar tus ojos

así, a quemarropa;

no nos despojemos de las prendas

que la gente está observando nuestros antojos

para criticarnos,

cuando juntos de nuevo nos vean.

Bésame

> sin parar el momento

si te falta el aliento, te daré del mío.

Bésame

> que la noche y las estrellas son testigos
>
> en esta historia que ahora escribimos.

Bésame

> y olvídame
>
> si puedes hacerlo.

Pero...

        recuerda hermosa chiquilla
las cicatrices que tu cuerpo carga
son el producto de una noche de amor,
        una locura
para que nunca olvides
amada mía
 que soy yo
quien te ama y te besa sin censura.

TODO SE VUELVE HERMOSO

Nacida en todos los sitios donde pongo los ojos
con la cabeza levantada
y todo el cabello al viento
eres más hermosa que el relincho de un potro en la montaña
que la sirena de un barco que deja escapar toda su alma
que un faro en la neblina buscando a quien salvar

Vicente Huidobro

Todo se vuelve hermoso...

    te rondan las mariposas

    tu cuerpo, tus ojos, tus manos.

parecen jardín de rosas.

Todo se vuelve hermoso...

    tu beso, tu sexo, la noción del tiempo.

    tu pelo al compás del viento

hilos de algodón, flor de caña.

Todo se vuelve hermoso...

    cuando estás, mi universo

    tiene completo el firmamento.

Me animas,
        me alientas
contigo
        mi esperanza se alimenta.

Tesoro amazónico,
río caudaloso,
cuerpo majestuoso.
En ti, todo se vuelve hermoso.

ME GUSTA ASÍ

...oigo flotando en olas de armonía
rumor de besos y batir de alas;
mis párpados se cierran... ¿Qué sucede?
—¡Es el amor que pasa!

Gustavo Adolfo Bécquer

Me gustas así
    al natural
    sin nada artificial
    sin maquillaje
sin esos falsos modales
que trata de imponer el mundo de los mortales.

Me gustas así
    cuando me besas y te beso
    cuando me abrazas y te abrazo
cuando tu cuerpo me aloca.

Me gusta así

      por lo que me haces sentir

cuando mis labios se pierden en tu boca.

Me gustas así

      con tus miedos

      tus nervios

      tu imperfección,

tal como eres

¡Me gustas mi amor!

SOY... SERÉ

Deja el duro marfil de mi cabeza,
apiádate de mí, ¡rompe mi duelo!
¡que soy amor, que soy naturaleza!

Federico García Lorca

Ahora soy

      huesos firmes

      pensamiento mediocre

      naranjo sin hojas

      caña sin miel.

Pero lograré ser

      del universo, rey

      del mundo, dueño

      del paraíso, Adán.

Ahora soy

      reo en tus ojos

      preso de tu desdén.

      esclavo de tus caprichos

      cautivo de tus deseos.

Pero lograré ser
>de tus labios, la miel
>de tus ojos, la luz
>de tus deseos, el resguardo.

TE FUISTE DE AQUÍ

La que ayer fue mi querida
va sola entre los cantuesos.
Tras ella una mariposa
y un saltamonte guerrero

Rafael Alberti

Te fuiste de aquí
borraste mis besos
también los abrazos
que a tu cuerpo di.

Te fuiste de aquí
buscando unos brazos
con nuevos aromas
renunciaste a mí.

Te fuiste de aquí
no dijiste adiós
causándome daño
me dejaste así.

Te fuiste de aquí
no importó el dolor
mi gigante pena
ni lo que sufrí.

Te fuiste de aquí
y sin darme cuenta
en mi último aliento
solo pensé en ti.

FUERON

Fueron días de sollozos
de angustia, dolor, fatiga
ni con cantos melodiosos
permaneciste en mi vida.

Fueron torrentes de lágrimas
desbordándose sin tregua
logrando que mis mejillas
cambiaran dicha por pena.

Fueron mil noches enteras
de rodillas, como perro
mientras que tú me decías
«agradéceme, mi negro».

Fueron escasos los besos
que serenaban mi pecho
y mi amor quedó indefenso,
sin el calor de tu cuerpo.

Fueron todas tus palabras
sencillas y delicadas
que de pronto se volvieron,
ásperas y despiadadas.

Fueron todos los recuerdos
de lo hermoso que tuvimos
que se han ido para siempre
solo quedó lo sufrido.

¿CÓMO?

¿Cómo hacen los famosos
para aliviar el dolor de un adiós?
Yo no soy capaz de olvidar tu amor
aun cuando me causa tanto dolor.

¿Cómo hacen ellos, los grandes
para dar paso a otra relación?
¿Ignoran el dolor del corazón?
Yo no puedo soportar una hora
sin escuchar tu melódica voz.

¿Cómo pueden los famosos decir adiós?
¿Resisten el invierno en su interior?
Yo no soy capaz de reencender este fuego
desde que te has ido mi amor.

¿Cómo agregan ellos otros amores
y los tienen en lista de colección?
Yo no he aprendido a olvidar
Aún camino con tu recuerdo.

¿Cómo volverme un valiente
y asegurar que ya no me importas
si cuando el viento sopla
el frío mi cuerpo devora?

¿Cómo le brindo consuelo a mi alma
si no hay fiesta sin ti?
Llega la noche, todo se vuelve nada
y no sé por qué viví.

¿Cómo negar que te amo
si en cada rincón de mi cuerpo
tengo tatuados tus besos,
los «te amo» de tus labios?

¿Cómo le explico a mi memoria
que te fuiste de aquí
si al cerrar la puerta esta noche
voy a llorar pensando en ti?

¿Cómo vivir sin tu aire
si el vacío que hay en mí
solo es llenado por ti
mi hermosa desilusión?

QUIÉN ME DIERA DOS ALAS

¡Sombra de humo cruza el prado!
¡Y que se va tan de prisa!
¡No da tiempo a la pesquisa
de retener lo pasado!

Miguel de Unamuno

Quién me diera dos alas
para volar hasta tu ventana
y ver cuando tu ropa
desviste tu cuerpo.

Quién me diera dos alas
para entrar en tu habitación
y observar como tu sueño
se sumerge en mis manos.

Quién me diera dos alas
hoy deseo tenerlas
para volver contigo, mi cenicienta
y probar con mis labios
la miel de tus besos.

Quién me diera dos alas
¡por favor, Dios! mándamelas
quiero ir con mi princesa
y pedirle que vuelva.

Dame dos alas, Cupido
que mi dama lejos se encuentra
dos alas de ángel te pido
para volar hasta donde me espera
mi hermosa cenicienta.

SE NOS ENFRÍA
EL CAFÉ

Se nos enfría el café
el humo se desvanece
tu actitud
me congela
y nuestro afecto anochece.

Se disipa el humo
la alegría, el amor
       el calor...

Se desvanece
mi refugio
tus abrazos
tu mirada
tu perfume
mi deseo.

Se nos enfría el café
y aún quiero gustar tus labios
disfrutar tus besos
escuchar tu corazón
acompañar tu rezo
volverme tu ilusión
limpiar de tus ojos
la desolación.

Mis palabras son pocas
enmudecen tus labios
el miedo abre su boca
tus manos me tocan
y el viento que sopla
se lleva nuestro amor.

Se nos enfrió el café
y no tenemos más fuego
para volverlo a encender.
La llama del ego
ahogó nuestro querer.

Sentados frente a frente
somos cadáveres vivientes
gastándonos lo poco
de ese amor
que un día fue sofoco.

Se nos enfrió el café
se esfumó en el mar la espuma
y el amor
—que sostuvimos un día—
se perdió en la bruma.

NUNCA ANTES

Este amor que quiere ser
acaso pronto será;
pero ¿cuándo ha de volver
lo que acaba de pasar?
Hoy dista mucho de ayer.
¡Ayer es nunca jamás!

Antonio Machado

Nunca antes me dolió tanto el amor
como me está doliendo contigo.
Nunca había sentido tanto vacío
como ahora que pierdo la esperanza
de tenerte otra vez conmigo.

Soñé que estarías siempre en mi casa
compartiendo la vejez de nuestras almas.

Nunca antes llore un mar de lágrimas
mucho menos que los ríos se desbordaran
inundando mis mejillas,
apagando mi sonrisa.

Nunca antes amé como te amo,
tus brazos son el paraíso
donde puedo dormir sin tus besos
y nunca sentirme preso.

Nunca antes dije con el corazón
«te amo mi amor»
hasta que te conocí, hermosa perdición.

PALABRAS

Para que tú me oigas
mis palabras
se adelgazan a veces
como las huellas de las gaviotas en las playas

Pablo Neruda

Yo te dije, sin malicia alguna
«si tanto te molesta que te ame
deja de mirarme como luna»,
tú dijiste, «¿quién te manda a ser tan ignorante?».

Pedí que te disculparas al instante
por tal aseveración aberrante,
te fuiste gruñendo, maldiciendo, campante.
            (¡Tus valores son de infarto!).

Tú dijiste, «si quieres nobleza
ve a pedírsela a tus padres».
Yo te dije, «¿no tienes cabeza?
¿Dónde están tus modales?».

Por ser tan irreverente
 te dije, «por las buenas, mi princesa»
tu dijiste, «come estiércol»
y... como soy obediente
entonces
        te robé un beso.

TE DIGO ADIÓS

Te digo adiós y acaso te quiero todavía
quizás no he de olvidarte, pero te digo adiós
no sé si me quisiste, no sé si te quería
o tal vez nos quisimos demasiado los dos

José Ángel Buesa

Te digo adiós aunque te quiero todavía,
te digo adiós sirena de mis mares, dulcinea mía
en mi memoria guardo la fantasía
que descubrí mientras tu cuerpo me servía.

Te digo adiós muriendo de amor
te digo adiós en medio del dolor.
El cielo de mis ojos sufrió un desamor
el mar de mis mejillas perdió su sabor.

Has de querer saber que en este enredo
pierdo yo por lo mucho que te quiero
ganas tú por llevarte mi lucero
lo has demostrado, yo te importo un bledo.

Quizás aún te quiero, no sé si aún me quieres
quizás me llamas para saborear mis hieles
demostrándome que otros besos prefieres
a los labios que probaron tus mieles.

Te digo adiós, hermosa mía
aunque la verdad te quiero todavía
sin embargo, te digo adiós querida
por ti, voy a sufrir toda la vida.

ESTA NOCHE

¡Ay noche inmensa de perfil seguro,
montaña celestial de angustia erguida!
¡Ay perro en corazón, voz perseguida!
¡silencio sin confín, lirio maduro!

Federico García Lorca

Esta noche quiero sentir tu cuerpo junto al mío
quiero beber de tus labios el rocío
embriagarme con el sudor de tu cuerpo
y hacer morir en tus labios mis deseos.

Esta noche quiero acariciar la suavidad de tu piel
recorrerte con mis manos y detenerme ahí,
en la frontera del «sigue» o «detente»
en la línea del «basta» o «arriésgate».

Esta noche quiero que me inventes
como te he inventado tantas veces
no deseo otra cosa más profundamente
que inscribirme en tu presente.

Esta noche solo quiero amarte
sin pasado y sin edad,
con el presente como propiedad
con el futuro en la mente.

Esta noche quiero encontrar la calma,
contigo la mujer más hermosa.
Esta noche no quiero regalarte rosas,
esta noche quiero entregarte el alma.

HERMOSO

Pasa la mano sobre tu blancura
y verás qué nevada melodía
esparce en copos sobre tu hermosura

Federico García Lorca

Hermosos son tus ojos, bella dama
y en tu cuerpo, buena fue la naturaleza
dotándote de tanta belleza,
con encantos que embrujan el alma.

Hermoso es pasear de tu mano
ver tu sonrisa en los veranos.
semejante a las monarcas
que embellecen la ruta de Morelia.

Hermoso es el brillo de tu mirada
el mar que de ti emana.
Y los ríos de tus mejillas
que gotean alegría.

Hermoso es ver que sonríes
cuando la dificultad te atrapa
también ver que el amor en ti
a cualquier hombre amarra.

Hermoso es perderme en tu paraíso
y tomar el agua del río de tu cuerpo.
Hermoso es ver como todo el universo
conspira a mi favor para tener tus besos.

NO TE ALEJES

Yo voy por un camino; ella, por otro;
pero al pensar en nuestro mutuo amor,
yo digo aún, ¿por qué callé aquel día?
Y ella dirá, ¿por qué no lloré yo?

Gustavo Adolfo Bécquer

No te alejes, no te vayas
detén mi alma que sin ti muere
despierta con mis auroras
ata mis atardeceres.

No te alejes, no te pierdas
la niebla en la madrugada
me oculta tu esbelta imagen,
que sigue íntegra en mi alma.

Y te mueves junto a la brisa de los árboles
y te marchas, tan de prisa como la aurora.
Temprano alzó su vuelo mi ángel esta madrugada,
temprano se marchitó el sol que se asomaba.

Y te acercas y te alejas
como faro marinero,
y te enciendes y te extingues
apagando mi sendero.

No te alejes, no te vayas
recién nos llega el amor
y antes que todo termine
sepultemos nuestras fallas.

NO QUIERO LLORAR

He amado hasta llorar, hasta morirme.
Amé hasta odiar, amé hasta la locura,
pero yo espero algún amor natura
capaz de renovarme y redimirme

Alfonsina Storni

No quiero llorar.

Se me parte el alma,

mi corazón pierde la calma

y se escapa la oportunidad de amarla.

No quiero llorar

y no encuentro una manera

de cómo poderte mostrar

que estoy muriendo hoy que no estás.

No quiero llorar.

De las rosas, el aroma se ausenta,

de la noche, la calma se marcha

y las aves, de dolor ya no cantan.

No quiero llorar
pero al no tenerte
mujer de asfixiante mirada
únicamente llorar me queda.

Solamente llorar me queda,
pues te amo sin que me quieras
y en este amor a ciegas
pierdo yo por ti, mi alma entera.

No quiero llorar.
Pero sin tu amor, mi princesa
todo lo que mi ser desea
es llorar por tu pérdida.

TEMO A LA VIDA SIN TI

Le temo a la vida sin ti cariño
ahora soy como ese niño
que ha perdido su juguete favorito
perdió de la vida el apetito.

Le temo a la vida sin ti, amor mío
y al ver el oscuro horizonte que me amenaza
estoy perdiendo la confianza
de volver a llenar con tu cuerpo este vacío.

Le temo a la vida sin ti, mujer
he enloquecido, y nada tiene sentido.
Mi corazón apenas te vio aceleró su latido
como si hubiese encontrado el amor correspondido.

Le temo a la vida sin ti, ¡y vaya que sí!,
tan estúpido fui al pensar que no,
no tuve el valor para aceptar que sin vos
todo mi mundo pierde color.

Le temo a esta vida sin ti, mi única princesa
sabes que eres la mujer perfecta,
y con tu esbelta figura
deseo saciar la sed de mi locura.

Le temo a la vida sin ti, y ahora que te pierdo
quiero que sepas que voy muriendo
porque aunque pase el tiempo y te vea sonreír
también sabré que mi sonrisa se fue cuando te perdí.

Temo a esta vida sin ti
no quiero continuar más
si no puedo tenerte aquí
entonces, ¿para qué respirar?

TIEMPO DE AMAR

Cuando duerme una madre junto al niño
duerme el niño dos veces;
cuando duermo soñando en tu cariño
mi eterno ensueño meces

Miguel de Unamuno

VENENO Y ANTÍDOTO

Eres causa de mis males
caricia fría de cristales
que hieren como puñales
el alma de los mortales.

Anidas mi corazón
que por ser sensible pierde
con tu mirada su juicio
y no entiende más razón.

Me has convertido en esclavo,
al que matas con palabras
hirientes y entrecortadas
por ti estoy enajenado

Desafía mi argumento
el brillo de tu mirada
con ella llega la calma
se disipa tu veneno.

Tu veneno quema el alma
de mi animal interior
¿Cómo no llorar de amor
si te has robado mi calma?

Apacible, cual lago era
antes de a ti conocerte.
Ahora soy como volcán
has logrado enloquecerme.

Yo me duermo y con tus besos
me despierto ardientemente,
y cuando rozo tus labios
soy un fuego incandescente.

Es energía ascendente
que va arropando mi cuerpo.
Lentamente me consume
la impaciencia por tenerte.

Envenenaste el presente
me enviciaste mi futuro.
Cual lobo domesticado
caigo dócil fácilmente.

No importa si me envenenas
no me tomaré un antídoto
si tus ojos me prescribo
saldrán volando mis penas.

TÚ Y YO

...de nosotros dos, tú pierdes más que yo:
porque yo podré amar a otras como te amaba a ti,
pero a ti no te amarán como te amaba yo

Ernesto Cardenal

Mucho tiempo fui tu dueño
presumí de tus encantos
me hice esclavo de tus sueños
hechizado por tu canto.

Sin saber me convertí
en ese ser que buscaste
pero cuando volví en mí
un nuevo amor te buscaste.

Dices que estás confundida
que engañada caminaste
yo digo que presumida
de mí no te enamoraste.

Aún no sé si tú me amaste,
si algo de mí tu quisiste,
nunca fui lo que buscaste
y por otro me cambiaste.

Ahora viajas por la vida
de la mano con tu amante
pero has de saber querida,
nada será como antes.

Querrás a tu nuevo amante
como me quisiste a mí
pero él no podrá sentir
lo que yo sentí por ti.

FICCIÓN

Pero yo te sufrí, rasgué mis venas,
tigre y paloma, sobre tu cintura
en duelo de mordiscos y azucenas.

Llena, pues, de palabras mi locura
o déjame vivir en mi serena noche
del alma para siempre oscura

Federico García Lorca

Suavemente te has incrustado en mi historia
¿de dónde saliste?, ¿cuándo te invité?
pero entraste aquí, y pronto me dediqué
a admirar tu rostro y perder mi memoria.

Estás viciando mi mundo, mi universo
eres lo que halago, respiro y escribo.
sin la imagen de tus labios ya no vivo
robaste mi alma y la convertiste en verso.

Lentamente tú has tejido un nuevo mundo
y no puedo descubrir el aleteo
entre aquello que es verdad y lo que creo
¡Bendita confusión, calas tan profundo!

Me he rendido a tu encanto, diosa bandida
llenando de recuerdos mi fantasía
colmaste de amor esta historia fallida
pero solo era ficción en mi mente vacía.

CAÍDA DEL CIELO

¡Eran tu voz y tu mano,
en sueños, tan verdaderas!...
Vive, esperanza ¡quién sabe
lo que se traga la tierra!

Antonio Machado

Fue una tarde de abril
cuando te conocí
amé tu cuerpo de marfil
al instante que te vi.

Te seguí en una carrera
por un callejón oscuro
deseando que el tiempo se detuviera
para no perderme de ti, ni un susurro.

Fue en esa noche oscura
con tus bellos luceros encendidos,
que el cielo te vistió con hermosura
y bajo la pálida luna, perdí los estribos.

Lo que sentí en ese instante
fue tan real que terminé enloquecido
sin saborear tu besos, bella amante
me sentía estremecido.

Fue una tarde de abril
cuando al sueño sorprendí
y este deseo febril
se apagó en mí.

Solo pasó un año
para descubrir
que tu cuerpo de marfil
no es suficiente
       para vivir.

No hubo química
se equivocó Cupido
fue mímica
flechó sin sentido.

CONVENCIDO

Anoche cuando dormía
soñé ¡bendita ilusión!
que una colmena tenía
dentro de mi corazón;
y las doradas abejas
iban fabricando en él,
con las amarguras viejas,
blanca cera y dulce miel

Antonio Machado

Estoy convencido que te amo
sin saber si soy correspondido
qué importa si está ocupado
el corazón por el que yo suspiro.

Esto surgió de la nada
y aunque sea un desatino
me hechizó tu linda mirada
caí preso de tu embrujo divino.

Es hora de mostrarte mi interior,

      —mi intención—

el amor que profesa por ti mi corazón

quiero ser parte del sueño,

      —ser la interpretación—

de ese sentimiento que va creciendo sin condición.

ACABA CON ESTA AUSENCIA

Heme aquí mi dulce dama
de rodilla ante tu cama
sentiré que pierdo mi alma
si esta noche tú no me amas.

Me consumo en agonía
por probar tus embelesos
no dejes ir mi alegría
al no saborear tus besos.

Solo entrégate a mis brazos
fiesta será tu presencia
ahógame en tus abrazos
acaba con esta ausencia.

POR TI

Por ti

    el sol calienta
    la brisa refresca
    y las hojas caen en otoño.

Por ti

    el agua moja
        y pesa como plomo
        el sudor de tu cuerpo perfumado de rosa.

Por ti

    soy un mar sin calma
    un río desenfrenado, sin frontera
    un huracán que devora
        al árbol... al polvo... al hombre...
        ¡TODO lo vuelve NADA!

Por ti

    soy cadáver viviente
        que respira, que camina, que come
    me sofoca la lluvia del verano
    como los labios de la mujer que amo.

MUJER DE LUZ
APACIBLE

Serena como la noche
y tierna como la flor,
olvidemos los reproches
vivamos hoy el amor.

Delicada mariposa
regálame tu calor
son tus manos tan hermosas
¡cúbreme con tu candor!

Eres aroma de rosas
ganaste mi corazón.
Te dedicaré mi prosa
por ser tú mi bendición.

Que más podría decirte
mujer de luz apacible,
no dejaré de quererte
no me pidas lo imposible.

Te volviste mi consuelo
el remedio de mis males
nubes adornando el cielo
tranquilos cañaverales.

No hay hombre en el universo
siendo feliz en su invierno
mas contigo y con mi verso
sé que he encontrado lo eterno.

PERDIDO 1

Me pierdo en el laberinto de tu senos
me encuentro en el universo de tu ombligo
me lanzo al abismo, al fondo de tu río
para saborear tus aguas en caudal sereno

Ahí, en el lecho del abismo
encuentro mi paraíso
pero tú,
          tú pierdes el tuyo.

PERDIDO 11

Y perdido en tu mirada
me atreví a volar sobre tu cielo
descendí sobre las curvas de tu cuerpo,
para tomar agua de tu riachuelo.

Me perdí en este momento
por el laberinto de tu encanto
con tu magia, que es mi centro
cubriéndome como un manto.

Esta guerra la has ganado
en mi torpe pensamiento
no sabes cuánto lamento
que me hayas enamorado.

ERES

Eres mi luna en el cielo estrellado
luciérnaga del intenso verano
por ti yo me convertí en un villano
en busca del amor que me has ocultado.

Ya veo tu sonrisa dibujada en el cielo
y tu nombre junto al mío adornado
siento lo fuerte que es estar enamorado
y seguir con pasión un gran anhelo.

Tú consuelas mi angustioso invierno
cuando el frío llega y habita este desierto
cuando el calor del cuerpo va muriendo,
muriendo estoy por probar tus besos.

SIN REPROCHES

Déjame entrar en tu corazón
y besar tus labios con calma
que mi universo solo tiene razón
cuando tu aroma me perfuma el alma.

Quiero tu fregancia impregnada en mi cuerpo
tus labios cicatrizando mi pecho,
acariciarte con el pensamiento
y que se inmortalicen en mis labios tus besos.

Bailemos la canción, querida
que escribimos bajo los arbustos
cuando me hice esclavo de tus atributos,
cuando robé tu inocencia atrevida.

Volvamos a hacer el amor esta noche
que la mañana nos sorprenda en placer,
y si un día tú me dejas de querer
no te llevarás de esta historia un reproche.

TU IMAGEN

¿Quién regó sus collares en el agua, Dios mío?
lluvia son de diamantes en azul terciopelo...
Es la imagen del cielo que palpita en el río,
es la imagen del cielo...

Amado Nervo

He vuelto a ver tu imagen tras las sombras de la cortina,
entre la luz y la oscuridad que mis ojos aprecian,
tu sonrisa viaja a mil por segundo hacia mi cama
y me deja una amarga y desesperante sensación.

De quererte, y no poder tocarte
de amarte, sin poder mirarte,
me dejas deseando perderme en tu universo
sin encontrar tu cuerpo para hacerlo.

Y escucho tu voz que viene de la sala y la cocina,
vas llenando mi habitación pero asolas mi alma.

¿Por qué vienes ahora nostalgia ingrata?
¿Por qué te empeñas en matar mi ilusión?

Si amar esa mujer es todo lo que quiero
sin importar que por ella muera sin un cielo,
es preferible morir enamorado de sus luceros
a olvidarme de su ternura y su consuelo.

TÚ

Tu pupila es azul y cuando lloras
las trasparentes lágrimas en ella
se me figuran gotas de rocío
sobre una violeta

Gustavo Adolfo Bécquer

Son tus ojos dos luceros del cielo
despiertos en verano, dormidos en invierno.
Hechizo de luna es lo que esconde tu mirada
sol radiante que se despierta en la primavera.

En tu cuerpo, el universo es infinito,
Venus y Plutón engalanan tus pechos fijos.
Labios lisonjeros, conductores de pecado
con solo imaginarlos impresos en mí
se me entrecorta la respiración.

Tu sonrisa, blanca y clara como cielo sin nubes,
noche con estrellas brillantes en el firmamento.
Dibujo en la libreta de mi alma, tu mirada
tu mirada vacilante que me embruja.

Se acelera de mi corazón el palpitar,
hierve mi sangre cual agua en la hoguera,
se descontrolan mis pensamientos sin razón
y poco a poco caigo preso de tu seducción.

Son tus ojos la causa de mi desesperación
también el objeto de mi devoción,
ilusionado por querer disfrutar de ellos
me quedo estático, ante esos bellos luceros.

TE SUEÑO

Soñar es ver la vida de otro modo,
y es olvidar un poco lo que realmente es,
un sueño es casi nada y más que todo,
más que todo al soñarlo... Casi nada después
José Ángel Buesa

Te sueño despierto,
te amo en silencio,
soy amigo del viento
que acaricia tu cuerpo.

Sigo llorando
a mares inquietos.
Como borrar de mí
la angustiada tristeza
que me tiene atrapado
en el desierto de tu cuerpo.

Sufro inconsciente
aunque soy inocente
no merezco tal dolor en mi mente.

Me duele tanto perderte,
quiero poder retenerte.
Si tan solo supiera detener tu presente.

Dame tu futuro, aún desconocido;
déjame ser de ti el dueño,
y el loco payaso que en un sueño
te ame, te abrace agradecido.

ME PIERDO
EN TU PARAÍSO

...he sentido que temblaban
tus labios en el café
cuando mis pies se angustiaban
acorralando tu pie
Andrés Eloy Blanco

En tus brazos pierdo fácil
la habilidad del habla
en tus manos pienso nada
pues el alma me vacila.

Y me hechiza tu mirada
me atrapas sin palabras
un difunto en tus brazos
soy, amada soberana.

Es tu cuerpo un paraíso
con reserva tropical
yo trabajó arduamente
para beber de tu viña
hermoso Edén occidental.

Infinito cielo azul
inmenso oleaje del mar
incandescente lucero
nunca dejes de iluminar.

Ni me niegues tu mirada
que sin ti soy miserable
sin tu abrigo y tu consuelo
todo se hace despreciable.

MUERO

Vivo sin vivir en mí
y tan alta vida espero,
que muero porque no muero

Santa Teresa de Jesús

Muero
por tu boca,
por tus labios
por tus beso,
por un hola.

Por sentir el roce de tu piel
el aroma de tu cuerpo
el calor de tus abrazos
también muero.

Muero
por estar contigo
calentarme en tus brazos
por una chispa de amor
que encienda mi pasión.

Sin ti, a diario yo muero
y si no vienes a mi
seguiré muriendo
hasta que decidas amarme
como yo te amo a ti.

SALVAJE

Yo que era indomable
mucho antes de conocerte
fui inseparable
a mi arisca suerte.

Nunca mi corazón
sufrió por un amorío
y de pronto sin razón
me llenaste de delirio.

Jamás imagine que unos ojos
oscuros como la noche
claros como la luna
me atraparan sin reproche.

Yo que en las paradas de la vida
disfrutaba mi culpa liberada
me vi preso en las caderas
de tan salvaje humanidad.

Yo que presumía de ser como el viento
de pronto me vi enjaulado
por tu inhumano encanto.

Me has vencido
me has derrotado
moribundo he quedado
con tu amor,
mi salvajismo has quebrado.

BÉSAME II

Bésame, intenso y salvaje
sacia estos labios
hambrientos de tu bagaje.

Bésame sin censura
calma esta sed que en mi provoca
el fuego de tu hermosura.

Bésame sin parar un instante
que la eternidad son minutos
si hay caricias anhelantes.

Bésame y olvídame
princesa de alma rota
hazme el amor con tu boca.

Aduéñate de mi alma
con la magia de tus labios.

Bésame y libera
estos sentimientos presos
en la fugacidad de tus besos.

Vísteme con tu cuerpo
jardín en retoño
mariposa de otoño.

Bésame, cual mar a sus olas
enamórate de mis labios
arena de mi playa.

Deja que mis manos te toquen
que mis labios disfruten
la dulce miel de tu abdomen.

Bésame con los besos de tu boca
haz de mis labios, tu paraíso.

TIEMPO DE OLVIDAR

Tengo miedo a perder la maravilla
de tus ojos de estatua, y el acento
que de noche me pone en la mejilla
la solitaria rosa de tu aliento

Federico García Lorca

NO

Bajo el cielo gris de esta noche quiero decirte
mi alma no se contenta con haber perdido
el cielo estrellado, la luna llena
tus ojos oscuros en el horizonte.

No, no me acostumbro a la soledad,
soledad de no tenerte más conmigo.
Fuiste mía. Sí, en mis sueños besé tus mejillas
gusté el rocío de tus labios
entre tus senos durmieron mis oídos.
No, no estoy contento por haberte perdido.

Mía serás, sí, mía en mis sueños
como todos los días de sol radiante
como todas las noches de luna llena
como todas las horas de ansiedad perpetua.

No, mi alma no se alegra por haberte perdido
pensar que te amé, que aún te amo
creer que me amaste, que aún me amas.
mi alma no se contenta sin tus latidos.

Como un loco te entregué, cuerpo, aliento, espíritu
el corazón me reclama por no haberte retenido.

No, no me alegra verte fuera de mi sueño
no, no estoy contento por haberte perdido
no, no tendré más de tu corazón los latidos.
Y estos serán los primeros versos
que a tu olvido yo le escribo.

TEMPRANO MADRUGÓ
LA MADRUGADA

Temprano levantó la muerte el vuelo,
temprano madrugó la madrugada,
temprano estás rodando por el suelo
Miguel Hernández

Esta madrugada, muy de mañana desperté
quizás por el sueño de anoche
podría decir, dormí acompañado
dormí contigo, dormí mi sueño soñado.

Con tus ojos de luciérnaga que brillan
cual luceros del verano en el cielo,
en el cielo de mi corazón, de mi alma, de mis ganas,
mis ganas de ti cabalgan en la blanca cama del invierno.

Madrugó, temprano y muy de mañana la madrugada
perdiéndose la luz entre la cortina y la ventana
donde te desvanecías, sombra de mi amada,
la que se marchó con el alba, dejando vacía el alma.

PRINCESA

¡Ah! princesa de mi corazón
tu nombre llevo grabado en el alma.
Mi hermosa bendición,
me dejas congelada el habla.

Eres locura y desenfreno
el antídoto al veneno
que va arropando mi cuerpo
con la miel de tus labios tersos.

Y te voy amar sin tregua
pues contigo la vida es buena.
Todo cobra sentido en mi cielo
cuando me iluminan tus luceros.

Yo contigo quiero procrear
los descendientes que me han de heredar
si me permites, el alma te la voy a entregar
para que la cuides cual ángel guardián.

En tu laberinto, me quiero encontrar
en tu universo, las estrellas explorar
bajo tu cielo, yo quiero caminar
y con tus ojos de diosa, mi amor iluminar.

¡Ah! princesa de mi corazón
eres tú, mi mayor bendición.

TE INVITO

Te conocí una hermosa tarde,
tu cabello plateado volaba con el viento.
Tu sonrisa nunca la podré olvidar,
ni el brillo de tus ojos, ni tus suspiros,
ni la canción de tu corazón.

Han pasado tres años desde aquel momento,
y aún sigue fresco en mí el sabor de tus besos,
y el aroma del sudor de tu cuerpo,
mientras te decía al oído, «cariño, te amo».

Se perdieron en el viento las horas
y la luna nos ha cubierto ahora,
nos arropó la cortina gris del cielo
y se robó de ti, los bellos luceros.

Pero los sueños no son eternos
y aunque yo me siento vivo en tu mirada
el tiempo no perdona, tampoco tú, mi amada.

Ahora caen sobre el papel de mi alma
frías lágrimas, mientras recuerdo tus palabras
«si en verdad me amas, no lo arruines, no te falles»

Ahora estoy aquí, esperando por tu amor,
mantengo la esperanza de que regresarás,
y alegrarás otra vez mi angustiado corazón.
Porque no se ha desvanecido el sobresalto
de sentir cerca de mí, tu respiración.

Te invito a que vengas a escuchar mi corazón
te invito a que me entiendas una vez más,
a que te gastes conmigo esta ocasión,
al ritmo del único músculo del cuerpo
que sabe expresar el amor que siento por vos.

PERDÓN

Yo la amé, y era de otro, que también la quería.
Perdónala, Señor, porque la culpa es mía
José Ángel Buesa

Perdóname, Señor, por amarla tanto.
mira que es de otro, y sin embargo mía.

Es de otro,
sus labios, sus besos, su sexo
sus manos, abrazos, cuerpo
su pensamiento, su intelecto
es un ser predilecto.

Él, la tiene sin merecerla,
él, come la manzana en discordia
se enorgullece de tenerla
y no muere por besarla.
Es de otro, Señor, y sin embargo mía.

Mía es la culpa de probar sus mieles
mía la razón de corazones infieles
mío el pecado, la condena
la enfermedad de quererla,
es de otro, Señor, y sin embargo mía.

Es mía como mi poesía
como la rosa es del jardín
como el aroma es del jazmín
como el agua es del río
así es ella, loca fantasía.
Es de otro, Señor, y sin embargo mía.

Un delito es tomar su miel
pecado acariciar su piel
mis manos deben ser cortadas
por tocar el árbol de las manzanas.

La culpa es mía, Señor, y también es tuya
por haberla puesto en mi camino
por el lobo que pusiste en su destino,
por el embrujo que arropa sus ojos
por la magia que condena el alma.

Es tuya mi culpa y su culpa
porque siendo de otro
dejaste que también fuera mía.
Sé que la quiere bien, pero conmigo
hizo realidad su noble fantasía.

Mi pecado, amarla como la amo
su culpa, prestarme su cuerpo desnudo
para estrujarlo de vez en cuando
para hacer más grave el pecado
su ternura me tiene hechizado.
Y sí, es de otro, Señor, pero también es mía.

TE EXTRAÑO

Extraño tu voz
y tu texto
y tu cuerpo
y tus besos
y tu calor
y tu sexo.

Extraño perderme en tu mirada
y encontrarme en el universo de tu boca.

MUJER

¡Ay mujer! qué valiente
cuánto sufro
al desear tenerte.

Os conjuro
por el dolor inerte
que deseo tenerte
sin reproche alguno.

No pretendo
ser indiferente
al sentimiento profundo
que anida mi mente
cuando tu texto
hace mi amor más fuerte.

No hay excusa,
soy muy diferente
cuando a mi lado tengo
tu ala presente.

¡Ay mujer!, te cuento
no más lejos de mi quiero tenerte
para siempre quiero protegerte
mi amor fugaz, mi amor fragmento.

ME FALTÓ VALOR

Me faltó valor para decirte
hermosa doncella,
lo que has de querer saber,
que para mí tú eres
amanecer y anochecer,
que dentro de mí tu ser
ha hecho que vuelva a enloquecer
por querer verme en tus ojos otra vez.

Me faltó valor
para conquistarte
con mis palabras y hechos
lograr enamorarte
hacerte sentir el calor
de un verano dominante.

Me faltó valor para confesar
que contigo nada es igual
tu llegada trajo la brisa primaveral
y me hizo beber la miel del cañal
sin tener caña para cultivar.

¿Sabes, mi eterno amor?
hizo falta decir que te amo
que contigo los «te quiero» hablan
sin pronunciar palabras
basta una mirada
para saber que me extrañas.

Me faltó valor, para confesarte mi amor,
y decirte que aunque te marchas
el cuerpo podrá olvidar tus gestos
pero mi alma recordará cada uno de tus besos.

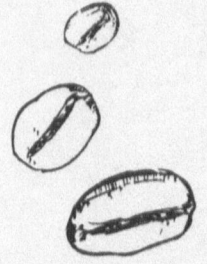

ACERCA DEL AUTOR

Pedro Vásquez nació en la ciudad de Lolotique, San Miguel, El Salvador. Estudió Bachillerato Comercial en Contaduría en el Instituto Nacional de Nueva Guadalupe. Se graduó de Licenciado en Ciencias Económicas en Innova College Virtual Campus de Miami, Florida; y obtuvo un Diplomado en Música por la Escuela de Música y Tecnología en Sonido Ramón Freire de Chile. Pedro ha sido también director del Ministerio de Alabanza de la Iglesia Asambleas de Dios «Casa de Dios Viviente» en Houston, Texas.

Su pasión por la poesía comenzó a los dieciséis años, como resultado de la influencia que le inculcó su profesor de literatura Rubén Cerna García, quien fue el primero en descubrir su potencial y explotarlo de a poco, despertando en Pedro el hábito por la lectura y la escritura.

Actualmente, reside en la ciudad de Houston, Texas y forma parte del grupo poético «Conversando a través de la poesía» que dirige la poetisa Julie Pujol. Su obra literaria y poética ha crecido a partir de la publicación de su primer libro, *Jazmín. Una historia sin fin*, narrativa romántica que presenta el amor visto desde una perspectiva femenina. Su escritura ha sido recogida también en dos antologías: *Expresiones de hermandad* y *Expresiones de sublime fantasía,* publicadas por el grupo poético al que pertenece.

La inmersión en la escritura poética le ha dado a Pedro varios reconocimientos. Entre ellos:

- El premio otorgado por el grupo «Conversando a través de la poesía» por el poema «Quiero estar contigo» publicado en la antología del 2016.

- El reconocimiento de la fundación salvadoreña Found Salvation INC, de Houston, como el poeta que mejor representó la poesía de este país, durante el año 2015 en EE. UU.

- El premio de Casa Cuba por el acróstico «Cuba libre vive» en el 2017.

- Mención de honor en el concurso «Cuéntale tu cuento a La Nota Latina», en el 2017

- Mención de honor en México en el concurso de cuentos cortos «Todos somos inmigrantes», en el 2017.

ÍNDICE